البخيلة

D1563714

أمير الشعراء
أحمد شوقي

فهرس الفصول

تمهيد

زمن الرواية: سنة ١٩٠٧

مكان الرواية: القاهرة

أشخاص الرواية:

الست نظيفة: (البخيلة).

جمال: حفيدها.

حُسْنَى: خادمتها.

عبد السلام: طبيب.

رشاد: سمسار.

عزيز: من أبناء الذوات.

الفصل الأول

قهوة «جميل» بميدان «لاظ أوغلي»، «جمال» و«رشاد» على مائدة يتحادثان، وآخرون متفرقون، يدخل صبي القهوة بصينية عليها المطلوب من المشروبات فيناول الزبائن، ويقول: هنا سادة، هنا القرفة، هنا الشاي. ثم ينتقل إلى مائدة «جمال» و«رشاد»، ويقول: خُشاف سيدي، والبانزهير لمن؟[١]

جمال:

البانزهيرُ لي أنا!

رشاد:

وشيشتي يا مصطفى؟

الصبي:

طلبتها يا سيدي

(يمر بائع جرائد مناديًا)

بائع جرائد:

اللوا[٢]

رشاد:

اللواتعال يا ولد

البائع:

اقرُوا حديث مصطفى[٣]اقرُوا خروج المعتَمدْ[٤]

رشاد:

كُرومَرٌ؟ خروجهمتى؟

البائع:

غدًا أو بعد غد

رشاد:

من قال ذاك؟

البائع (ويمشي):

مصطفى

رشاد:

التَّفت الأفكار حول مصطفى كالقائِد

جمال:

وصارت الأخبار عنـد باعة الجرائدِ

رشاد:

آمِنْ معي بمصطفىكفى تعنُّتا كفى

والعقلاء؟

جمال:

كلهمو

رشاد:

والأذكياء

جمال:

اشربْهُموا

رشاد:

ما أنت؟

جمال:

لستُ منهمو
إني أنا مع البلدإن قام قمتُ أو قعَدْ
لم يرني فيه أحدْ

(اثنان على مائدة يتحادثان عن جمال)

الأول:

تأمل المُكثِر عن إعجابهبنفسه ينظر في ثيابهِ
تلُّفت الطاووس في إهابِه

الثاني:

لله ما أظرفَه! يا له فتنقد أبدع تعالى شكلَهُ
لو كان هذا ولدي وواحِديخرجتُ قبل الموت من مالي لهُ

الأول:

من الفتى يا أخي؟

الثاني:

جمالهذا الذي يخلُف البخيلهْ

على الدكاكين والضياعِوالثروة الضخمة الجليلهْ

هذا الذي يفترس الأكياساولا يرى الأحلام إلا ماسا

فإن صحا شكا لك الإفلاسا

يأخذ من هذا وذاك بالرِّبايُعطى نحاسًا لِيردَّ ذهبا

وقبل كل شيء فوق ذا

الأول:

وما يقولون؟

الثاني:

عَجَبْ

الأول:

ماذا؟

الثاني:

بلاطُ بيتهامركَبٌ على الذهبْ

الأول:

وذاك الآخَرُ من؟

الثاني:

ذاك من السماسر

يبيع كل عامريصيبه وغامر

وكم وكم زوَّج أووطلَّق من حَرائر

تلقاه في كل طريــق كالغبار السائر

من قهوةٍ لبيرةٍلمنتدى لسامر
ويدفع الشباب في الـوحول والمخاطِر
فمن يدي مسلفإلي يدي مقامر
ومن سموم حانةإلى لُعاب عاهر
لا يُبغض الله ولا رسولهمن العبادِ كالمرابين فِئهْ

الأول:

أيّ ربًا يشترطون يا تُرى؟

الثاني:

عشرون أو ما فوق ذلك في المائة
انظر إلى السمسار يسحر الفتىوانظر إلى الغلام كيف استحسنه
عندي ألفٌ ما ملكتُ غيرهامَن لي بها ألفين إن فاتت سنهْ؟

الأول:

عندك ألف أنت؟

الثاني:

ألفٌ ذهبا

الأول:

تريد تعطيها بفاحش الربا؟
إذن لقد كنت تُرائي يا أخيولم تكن تَقواك إلا كَذِبا

(جمال يرفع صوته)

جمال:

باللهِ مِن ذا الحديثِ دَعْناوانظر معي هذه الكرُتبَهْ

(ينظر إلى رجل وجيه ملفف بالثياب ومعمم ويقول)

ومن يكون الوجيه؟

رشاد:

هذامقاول يُكبرون كسْبَهْ
وكلَّ يومٍ عليه نعلٌوكل يوم عليه جُبَّه
تراكم المال في يديهمن حبةٍ أمس صار قُبَّهْ

جمال:

وما فَتَنَ الحظ بالكركدنّوما أعجب المالَ من سِحنته؟

رشاد:

ومن عجبٍ بعد هذا المشييَنى باثنتين على زوجتِه
ورام الزواجَ ببنت النقيبِ؟فما قبلوه على ثروتِه

جمال:

وما تلك؟ من هي بنت النقيب؟

رشاد:

فتاةٌ هي البدرُ في ليلتِهْ

جمال:

وما بيْتها؟

رشاد:

قصرُ آبائهاطويلُ العمادِ عريضُ الغرَفْ .

جمال:

وما مالُها؟

رشاد:

القصرُ عنوانهاأليس القصورُ رموزَ التّرفْ؟

جمال:

وما سمعةُ البيتِ؟

رشاد:

ماذا تقولُ؟ أما في قديم البيوتِ الشرفْ؟

جمال:

وَلِمْ أبَت الشيخَ وهو الغنيّ؟

رشاد:

وهل كل ما في الزواج المهورْ؟

وهل يملأ التيسُ عينَ المهاةِ؟وهل تحمل الكركدنَّ القصورْ؟

جمال:

رشاد أهيَ حلوةٌ؟

رشاد:

وذات قصرٍ، وكفَى

جمال:

ما ضرَّ لو أنِّيَ صاهرتُ الغنى والشرفا؟
أتعرف البنتَ يا رشادُ؟

رشاد:

وأعرف الأمَّ يا جمالُ

جمال:

كيف ومن أين؟

رشاد:

لي ببيتِ النقيبِ من نشأتي اتصالُ
أ ُمِّيَ كانت إليه تغدوإذ أنا طفلٌ، ولا تزالُ

جمال:

ماذا تَرى رشادُ إن طلبتُها؟أترى تَردُّني إذا خطبتُها؟

رشاد:

أصْغِ لي، أنت مثل ما تتمنى«زينبٌ» تجمع الغنى والجمالا

جمال:

الغنى يا رشاد؟ إنك تهذِي

رشاد:

أنا أهذِي؟

جمال:

أجلْ، وتخلِطُ

رشاد:

لا، لا

أنت فوق النقيب دخلًا وَرَيْعًابعد حين وأنت أكثرُ مالا

جَدَّةٌ تجعل الحديد على المال وتَحمي الأبوابَ والأقفالا

جمال:

لكنها يا صديقيأشدُّ مني ومنكا

رشاد:

صبرًا فَعَمَّا قليلٍسيُفرج الله عنكا

جمال:

وجمالي؟

رشاد (ويخرج مرآة):

أفي جمالك شكٌّ؟خذْ تأملْ، انظرهُ في مرآتي

سوف تَسبِي فؤاد زَينب

جمال:

من «زيـ؟

ـنب»؟

رشاد:

هذا يا صاحبي اسمُ الفتاةِ

جمال:

رشاد، اسمع، عقدتُ العزمَ فاذهبْ وأمُّكَ فاخطبا لي اليومَ زينبْ

رشاد:

إذن أعطني ليرة من حِسابيوبعد غدٍ نلتِقي ها هنا

جمال (يناوله الليرة):

قَبِلتُ فخذْ

رشاد (بعد أن ينظر أمامه):

انتظر يا جمالُ برِبِّكَ فالحظُّ قد أحسنا

فهذا أخو زينبٍ مقبلاًفسِر حيث شئتَ، ودعني أنا

(يجلس عزيز فيتقدم إليه رشاد)

رشاد:

عزيزُ؟ مَنْ؟ أهلًا أخيمنذ شهورٍ لم أرَكْ

عزيز:

رشادُ أنت ها هنا؟مَن ذا الذي كان مَعَكْ؟

رشاد:

انظر إلى ثيابهولونِها كيف اتحَد

انظر إلى حذائهمن النظافة اتَّقَدْ

والبنطلون مُسْتَوِلم ينكسِرْ، لم ينعقِدْ

أعِرْنِي السَّمْعَ أعِرْعندي لكم شيءٌ يَسُرْ

عزيز:

ما ذاك؟ هاتِ، ما الخبرْ؟

رشاد:

هذا جمالٌ وحيدُ جَدَّهُبخيلةٍ يا عزيزُ، جِدَّهْ

عزيز:

وعمرُها يا رشادُ؟

رشاد:

يربوُعلى الثمانين

عزيز:

تلك مُدَّهْ

والمال؟

رشاد:

ما شئتَ من فدادينِومن بيوتٍ ومن دكاكين

والذهب الصَبُّ كلَّ ناحيةٍفي البيتِ، من مُخَبَّأٍ ومدفون

عزيز:

والآن ماذا تبتغِي؟

رشاد:

أريدُهُ لِزينبا

عزيز:

وكيف؟ هل يقبلُها؟

رشاد:

كلَّمته فما أَبى
فامض إلى أمِّكَ ياعزيزُ بَلِّغها النبأْ
لقد وصفتُ القصرَ لِلـأبلهِ وصفًا عَجَبا
ولم أزلْ أطري له الـجَدَّ وأمدحُ الأَبا
وَأنعَتُ المجدَ القديـمَ وَأحَلِّي النَّسَبا
وقلتُ عن أُمِّكَ خَيْـرًا وامتدحتُ زينبا

عزيز:

وقد نسيتَنِي أنا؟

رشاد:

لا. بل أطَلْتُ الكَذِبا

عزيز: وما الذي قلتَ عنّي؟

رشاد:

قُلت: فتى ما أفاقا
بالليل يَغْشَى الملاهِيوبالنهار السِّباقا
تسألني عزيزُ رأيي

عزيز:

لِمَ لا؟ألستَ منُذ زمن المهدِ أخا؟

رشاد:

أنتم عزيزُ يا أخي في أزمةٍولا يَفُكُّ ضِيقَكُمْ إلا الغِنى

المالُ فيه وحدَهُ خلاصُكملا بدَّ منه اليومَ أو لا فغدا

عزيز:

أجلْ، بغير المال لا عَيْشَ لناوكيف؟ من أين يجيءُ؟ أَفْتِنا

رشاد:

مما نخوض فيه منذ ساعةٍمن الفتى؛ من موتِ جَدَّةِ الفتى

عزيز:

وما الذي نصنع كي نصيدَهُلا بد من مَصيدَةٍ

رشاد:

تلك أنا

اسمعْ أخي عزيزُ أنتمُ أسرةٌلم يبقَ من وجودِها إلا شَفا

قصرُكمو من قِدَمٍ مُهَدَّمٌقد خاطَ فيه العنكبوتُ وبَنَى

سكنتموه ها هنا وها هناكالبوم، كل بومتَيْنِ في فَضَا

ملأتموه خدمًاأشداقُهمدائرةٌ على الرغيفِ كالرَّحَا

انظر إلى القصور كيف أصبحتْلم يبقَ من مقدَّمٍ ولا أغا

احتجب القوم وراء ظلهالا يُسألُ البوابُ إلا قال: لا

عزيز:

كفى رشادُ صِفَةًلبؤسِنا، كفى، كفى

ولا تعذِّبْ مهجتيولا تهجْ لِيَ البكا

وامضِ اجتهدْ رشاد فيتزويج أختي بالفتى

إذا كان لها أهلا

رشاد:

ولمْ لا يا أخي؟ لِمْ لا؟

فتى لم يَحْكِه الشبّانُ هندامًا ولا شكلا

ولم يُنكرْ له الإخوانُ لا ظَرْفًا ولا عقلا

ومن بيتٍ يرى الناسعليه الخيرَ والنُبلا

أبوه كان إنسانًا

عزيز:

وهذا كله فضلا

عمّا وراء جدَّتِهْ

رشاد:

وعن عظيمثروتِهْ

يا ليتني في حالتهْ

اسمع عزيزُ يا أخيأنا وأنت لا نَرث

أمْلُطُيا رب كما خلقتنيراضٍ على قلَّةِ ما رزقتني

عزيز:

دعنا من الهزل. هلاأخذت في الجدّ ساعة؟

رشادُ أنت صديقماذا ترى في البضاعة؟

ادخلْ بنا في الجِدِّ يا رشادمتى تراه؟

رشاد:

في غدٍ أراه

عزيز:

لم تقل لي عن الفتى، ما أبوه؟

رشاد:

كان فخر الرجال، كان مديرا

(ثم لنفسه)

كان والله يسكعُ الصبح والليـل إلى كل حانةٍ سِكيرا

عزيز:

والفتى، كيف شغلُه؟

رشاد:

في الدواوين

عزيز:

إذنْ قد نراه يومًا وزيرا

رشاد:

لِمَ لا؟

(ثم لنفسه)

قلتها ومن أين أدري؟ربما صار حاجبًا أو خفيرا

(ثم لعزيز)

لا تسلْني ما أبوه يا أخيأو مَن الأم وسَلْ ما جدَّتهْ
لا ولا ما شغله؟ ما جاهه؟في الدواوين ولا ما رتبتُهْ
فجمالٌ في غدٍ أو بعدَهبوزيرين تساوي ثروتهْ

(بعد لحظة)

وَلِمْ لا وجدْتهُ نملةًإذا وقفتْ أو مشت حصَّلتْ
وتُدْخل في بيتها ما تُصيبُولا يُخرج الدهرُ ما أدخلَتْ
لو انقلبتْ من جميع الجهاتعلى القشِّ في فمها ما انفلَتْ
ترى المال في بيتها في اللحافِوتحتَ البلاطِ وحَشْوَ الشِّلَتْ

عزيز:

عجبتُ يأتي البخيل المالُ وهو يَريأنَّ البخيلَ إليه غيرُ محتاج
وقلَّ ما جاء حرًّا ماجدًا ومشىإلى الكريم الكثير الهمِّ والحاجِ
آهِ ما أكثرَ حاجِيمَن بحاجاتي أُناجي؟
أزمةٌ دُرتُ فلم ألـقَ لها وجهَ انفراج

رشاد:

عزيزُ أنت مفلسٌ

عزيز:

ما شئتَ في ذاك فقُلْ

رشاد:

على البلاط يا عزيـزُ كلُّنا ذاك الرجلْ

عزيز:

إذن جمالُ صفقةٌ رابحةٌلنا كلينا

رشاد:

قد فهمتَ مأربي

ولستُ أنسى فضلَكم عندي ولاما طوَّقتْ أمُّكَ أمَّي وأبي

عزيز:

اذهبْ إذنْ رشادُ فاخطبْهُ

رشاد:

لمن؟

عزيز:

لي، ولزينبٍ، وأمّ زينبِ

رشاد:

للأمِّ والابن وللبنتِ؟

عزيز:

أجلوكل من مَتَّ لي من نَسَب

رشاد:

أصبتَ يا عزيزُ أنتَ فَطِنٌ

عزيز:

لا ، بل هو البؤسُ يفطِّن الغَبِي

رشاد:

وَرُكوبي يا صديقيوذَهابي وإيابي؟

عزيز:

امض أنفقْ ما تشا واصــبِرْ إلى يوم الحسابِ
أنا لو بيع بفَلسٍلم يجدْ سوقًا جِرابي
كلانا رشادُ على زورقٍكسيرٍ وموجٍ عنيفٍ شقي
فإن ننجُ بخيرِ المتاعوإلا غرقنا مع الزورق

•••

«ثلاثة آخرون جلوس على مائدة بالقهوة»، «أحدهم يقرأ جريدة، والآخران يتحادثان».

الأول:

مَن ذلك الـُمطِلُّ من لحِيَتِهكالبغل من وراء مِخلاةٍ رنا

الثاني:

تسألُ عن ذاك الذي انحنَى علىصحيفةٍ يَقْرا وولانا القَفا؟

الأول:

أجل، أجل هذا القفا

الثاني:

هذا هو الدكتور

الأول:

مَن؟

الثاني:

عبدُ السلام مُرتضَى
يقرأ ما صادف من جريدةٍمن سطرها الأول حتى المُنتَهى
وتستوي صُحْفُ الصباحِ عندهوصُحُفٌ ظهرنَ من عامٍ مضى

تذاكرُ الدفن التي يكتبهافي الشهر أضعافُ تذاكر الدَّوا
وعيبه البخلُ

الأول:

فيه بخلٌ؟ِ

الثاني:

أبخلُ من جارَتي نظيفه

الأول:

من يا أخي هذه؟

الثاني:

عجوزٌفي «الخط» من أسرة شريفهْ
ليس لها في الحياة إلاعبادةُ المال من وظيفهْ
حتى لقد صارت حديثَ الحار هْوضحكَ الجار وسُخْرَ الجارهْ
كلٌّهمو يحسدها بمالِهاويتمنى حاله كحالِها
وهكذا الأنفس في ضلالِها

الأول:

ما غناها يا أخي؟

الثاني:

أكثرُ هذا الخُطّ مالا

الأول:

ومن الوارث إن ماتت

الثاني:

فتى يُدعَى جمالا

الأول:

وذلك الدكتورُ؟

الثاني:

هذا «مادرٌ»ْ-الجوعُ يا أخي ولا الأكلُ معَهْ
لقد دعاني للغَداء مرّةًفقسَّم البيضة بين أربعَهْ
وجِيءَ بالشواءِ

الأول: قلْ ماذا جرى؟

الثاني:

أوْمَا إلى خادمه أن يرفعَهْ
رأى فيه عيبًا وإن لم نجدْعلى اللحم عيبًا سوى قِلّتِهْ
فقد كان أنضجَ لحمٍ رأيْتوقد كان كالمِسكِ في نكهتِهْ
ومن بخلِهِ تُفتحُ القهوأتوتُغلقُ، وهو على «شيشتِهْ»
يُقضِّي بها طَرَفَيْ يومهويُمضي بها طرفَيْ ليلتِهْ

الأول:

ومرضاهُ؟

الثاني:

يلقاهمو في الطريـق حيّنا، وحيّنا على قهوتِهْ

(غلام يدخل القهوة صائحًا)

الغلام:

أين هو الدكتور؟

أحدهما:

ذاك

الغلام (للدكتور):

سيِّدِي أخي سَقَطْ
تحت الترام

الدكتور:

فليكنأو تحت وابور الزَلَط
فما الذي أصَابهُ؟

الغلام:

انفلَقَ الرأسُ

الدكتور:

فقطْ؟
هيَّا ولو أني ماعالجت في الشارع قطْ

الغلام:

الله في عون الجريـح منكَ جرَّاحَ القِطط

[1] الليمون.

[2] جريدة «اللواء» التي أسسها الزعيم مصطفى كامل.

[3] الزعيم: مصطفى كامل.

[4] اللورد «كرومر»: المعتمد البريطاني.

[5] أبخل العرب، ويُضرب به المثل في البخل.

الفصل الثاني

(في منزل السيدة نظيفة) «حجرة بها دكة عليها شلتة ومخدات ثلاث ـــ السيدة نظيفة تلبس جلابية من الشاش الأبيض، ومتعصبة بمنديل، وفي رجلها القبقاب»

نظيفة (تتكلم وحدها في الحجرة)**:**

منزلي حولي نظيفٌوأنا الست نظيفهْ
وبلاطي ذاك أنقىبكثير من صحيفهْ
كل ما كلّفني ماءٌ وصابونٌ وليفهْ
لا بساطٌلا كليمٌلا حريرٌ لا قطيفهْ
غير هذي الخشبات الـــخيزُراناتِ الخفيفهْ
ليس بيتي كبيوت الـــناس أحمالًا كثيفهْ
أنا بيتي في الهواء الطَّـلْقِ والشمس اللطيفهْ
ودكتي تلك أغلىلديَّ من ألف صفَّهْ
كم مال زوجي عليهاوكان يقطر خفَّهْ
جلستُ فيها عروسًاواليوم إذ أنا قُفَّهْ

(بعد أن ترى «حُسنَى» الخادمة داخلة عليها وبيدها شيء)

تعالَيْ يا ابنتي جيئيبماذا جئتني «حُسنَى؟»

حُسنَى:

لقد جئتُ بفنجانِ

نظيفة:

خُذيهِ جرِّبي البُنَّا
وهذا شُبُكي[1] هاتي

حُسنَى:

أجل بالعود[٢] قد جِيئَ

وفي الكيس مع الدخان زَنْدان[٣] وكبريتُ

نظيفة:

سلمتْ حُسنَى يداك

حُسنَى:

أنا مولاتي فِداكِ

والآن هل آخذ خَرْجَ[٤] النهار

نظيفة:

امضِي خذيه إنه في «الكرار»

حُسنَى:

هيَّأتِه سيدتي؟

نظيفة:

أجل

حُسنَى:

وما أخرجتِ لِي؟

نظيفة:

رأسٌ من الثوم وخمسٌ من صغار البصل

حُسنَى:

والسمن مولاتي تُرى؟

نظيفة:

كأمس، لَمْ أُقلِّل
أوقيةٌ

حُسنى:

والأرز؟

نظيفة:

لالا يدخلنَّ منزلي
لقد غلا سعرًا ولايُعجبني السعرُ الغَلِي

حُسنى:

ليتك بالزيت افتكرتِ والدقيق والعسلْ

نظيفة:

ولِمَ يا حسنى أراكِ اليومَ عادَك الخَبَلْ؟
نسيتِ أنَّ ها هناوتحت هذي الكنبهْ
العشراتِ من قديـمِ الكعك والغُرَيِّبَهْ؟

حُسنى:

لمْ أنسَ يا سيدتي

نظيفة:

أنت إذنْ مخرِّبَهْ؟

حُسنَى:

قد اشتهيتُ لقمة القاضي

نظيفة:

اشتهتكِ عقربَهْ

وما الذي اشتريت يا«حُسنَى» لنا من الخضَرْ؟

حُسنَى:

«الباميا» كأنها الزُّمرُّدُ الخامُ الحجَرْ

نظيفة:

«الباميا»؟ منذ متىهذا الخضارُ قد ظهرْ؟

حُسنَى:

جديدة. قلت: عسسيدتي بها تُسَرْ

نادَى المنادونَ عليــها منذ أسبوعٍ عَبَرْ

ترفلُ في شوكتِهاوفي شبابها النّضِرْ

نظيفة:

أجل لقد أكلتُهافي منزل الشيخ «عمرْ»

كالذهب الإبريز والـثومُ عليها كالدررْ

حُسنَى:

واليومَ تأكلينها

نظيفة:

أمرَّ من طعم الصَّبْر
اشتُرِيَتْ غاليةًمثلَ البواكير الأُخَرْ

حُسنى:

هدية تلك

نظيفة:

ومِمَّنْ؟

حُسنى:

مِن قريبٍ لي حضَرْ

نظيفة:

من أين جاء؟ ومتى؟

حُسنى:

من الصعيد قد بَكَرْ

نظيفة:

وبِمْ تُرى جَزَيْتِهِ؟بقبلةٍ مستعجلهْ؟
امضي فتاتي واطبخي«دقيّة» مكمّلَهْ
كأنها خليّةٌمن عسلٍ محمَّلَهْ
والثوم فيها لؤلؤٌوهي به مكلّلَهْ
والعظم ...

حسنى:

واللحم ...

نظيفة:

احذَرييُتعبني أن آكلَهْ

حسنى:

اللحم يا سيدتيفي «الباميا» ما أسهلَهْ

نظيفة:

«حُسنَى» انظري

حُسنى:

سيدتي

نظيفة:

على البلاط وَسَخ

حُسنى:

الآن أغسل البلاطَ ثم أمضِي أطبخُ

(تنسل السيدة إلى حجرتها ... يدخل جمال)

جمال:

حُسنَى

حُسنى:

جمالُ سيدي؟

جمال:

أنتِ هنا؟

حُسنَى:

أنتَ هنا؟

جمال:

ما تصنعين؟

حُسنَى:

صنعتي الـــيومَ وصنعتي غدا
على البلاط أنحنيأغسله كما ترى

جمال:

يا رب لِمْ خلقتَ للـــعذابِ هذه اليَدا؟

حُسنَى:

لا..لا عذاب سيديإني أحب العملا

جمال:

وأين جدتي فإنّي لا أراها ها هنا

حُسنَى:

أظنهامضتْ تصلّـــي فِي الخِزانةِ الضحى

جمال:

لله أو للمال ياحُسنَى ُترى؟

حُسنَى:

كما تشا

ما لي وما تعملُ ُه؟لكلِّ عبد ما نَوَى

جمال (لنفسه وقد رأى كيسًا على الدكة)**:**

ما ذاك تحتيَ ... كيسٌ؟بُشرايَ، هذا جرابُ

أعامرٌ ليت شعريجرابُها أم خرابُ؟

كيسٌ؟ أجلْ كيسٌ وحُسـنَي لا ترى ... لا تسمعُ

(ثم يقبله)

كيس وفيه ذهبٌآخُذهُ أم أدَعُ؟

(يتركه مترددًا)

لا ... لا ... ألصٌّ أنا؟ لاليت يدي تَنقطِعُ

(يتناوله)

لننظرْ ما حوى الكيسُ

(يفتحه ويعد ما فيه)

جنيهان ... ريالان

وهذا فصُّ ياقوتٍوذي سُبحةُ مَرجان

(يخرج ما في جيبه)

لننظرُ ما حوى جيبيأقرشان ونصفان؟

حرامٌ شدة البخلحرامٌ طولُ حرماني

(يرد نقوده، وينظر إلى الكيس)

فإن مددتُ نحو كيسها اليداسرقتُ نفسي ما سرقتُ أحدا

ولا أرى سارقَ نفسه اعتدَى

لا يا جمالُ ... ما رأيكَ في الناس أحدْ

من قال مالُ الوالديـن مُستباحٌ للولدْ؟

حُسنَى (وقد نظرت إليه خلسة فرأته، وهو يسرق):

يا أسفا على جمالٍ ما صنعْ؟جاء إلى الكيس مرارًا ورجَعْ

حام عليه برهةً ثم وقعْ

(لنفسها)

ويحَ جمالٍ جَروْتعلى الحرام راحتُهْ

ما كان لصًّا إنماجَنَت عليه جدَّتُهْ

جمال (يدس الكيس في جيبه):

ولِمَ لا؟ والمال مالي بعدَهاوإنَ تصرفت بمالي وحدَها

وديعتي حتى تموتَ عندَها

(يخرج مسرعًا)

حُسنَى:

يا ألفَ ويلي على جمالإنسلَّ كاللصِّ في الظلامِ

الفقر والبخل صيَّراهمن ابن بيتٍ إلى «حرامي»

هو لصٌ وسارقٌغيرَ أني أُحبُّهُ

حرمْته القليلَ منحقّهِ ... أين ذنبهُ؟

إني بعيني هذهرأيْته مرددا

لما أحسَّ المال جُــنَّ وأضاع الرَّشدا

على الضمير والعفافِ والحجا تعوَّدا

لو ملأتْ جدَّتهْيديه ما مَدَّ اليدا

(ثم تسمع ضجة فتقول)

قد رن في الحجرة قبقابهاصلَّتْ وعادت من مُصلاها

وما درتْ وهي تصلَّي الضحىأنَّ جمالًا من ضحاياها

(تدخل السيدة نظيفة بدون أن ترى «حُسنَى») (فتقول حُسنَى لنفسها)

تسرع نحو كيسهالم تَرَني ... فلننتظرْ

ماذا تُرى تفعل؟ هلتبكي دمًا أم تنتحرْ؟

نظيفة (لنفسها):

كِيسي كان ها هنامن ساعةٍ ... شيءٌ عجبْ!

من يا تُرى طَيَّرَهُ؟كيف اختفى؟ أين ذهبْ؟

فيه ريالان وفيــهِ قطعتان من ذهبْ

وضعْته هنا وغبــتُ عنه ... ليت لم أغبْ

كِيسِي حبيبي أين أنــتَ؟ كيف ألقاك؟ أجِبْ!

كِيسيَ ... يا رب أعدْ لي كيسِيوخذه لي يا رب من إبليس

وكلِّ لص فاجر خسيس

إن عدتَ لي فشمعةٌللحنفي أو شمعتانْ

قرش يعود لي بهمن القروش مائتانْ

وشمعةٌ للسيدهْتوضعُ في مسجدِها

تبيت فيه مُوقدَهُبالقرب من مَرقدِها

لا، أنا في فقرٍ إلى شمعةٍسيدتي «زينبُ» ِبي عالمهْ

ولم يَرَ الناس ولم يسمعوا سيدةً تأخذ من خادمهْ

(ثم بعد أن ترى «حُسنَى»)

نظيفة:

حُسنَى

حُسنَى:

مُري

نظيفة:

أنتِ هنا؟

حُسنَى:

أجلْ

نظيفة:

تعالَي اسمعِي

خلِّي البلاطَ

حُسنَى:

ما جرَى؟

نظيفة:

دعِيه سَاعةً دعِي

حُسنَى:

ماذا جرى سيدتي؟

نظيفة:

ما لم أكُنْ أنتظِرُ

مصيبةٌ فاجعةٌ

حُسنَى:

ماذا دهَى؟ ما الخبَرُ؟

نظيفة:

كيسِي كان ها هناطيَّره المُطَيِّرُ

حُسنَى:

ما كان فيه؟

نظيفة:

ذهبٌ وسُبحةٌ وجوهرُ

حُسنَى:

وهل ظننتِ السوءَ بي سيدتي؟

نظيفة:

أستغفر الله ابنتي أستغفرُ

«حُسنَى» ابنتي خادمتي تسرقني؟ذلك ما ليس ببالي يخطرُ

في ذمةِ الله كيسِيعوّضني الله عنهُ

واللصُّ لا بد يومًايقتصُّ لي الله منهُ

حُسنَى:

سيدتي مسرقةٌسيدتي مضيّعَهْ

إن الجرابَ لم يكُنهذا المكانُ موضعَهْ

نظيفة:

اذهبي يا ابنتي عرفتُ غريميأنت لا تجهلينه فهو منّا

حُسنَى:

مَن تُرى؟ مَن؟

نظيفة:

سلي ضميرَك عنهأنتِ منه مُلئتِ قلبًا وذهنًا

حُسنَى:

مَن؟

نظيفة:

جمالٌ

حُسنَى:

ماذا تقولين يا مولاتي؟

نظيفة:

الصدق

حُسنَى:

بل تظنّين ظنّا
مَن؟ جمالٌ؟ هذ ا محالٌ فظُنّيي أنا السوءَ

نظيفة:

أنتِ؟ حاشاكِ «حُسنَى»

حُسنَى:

إذن مَن؟ قِطّةٌ في البيــتِ لمَّا لَمْ تجدْ لحمَا
مضت بالكيس ظَنّتهُهو الجلدَ أو العظما؟

نظيفة (مستضحكة):

امضي اذهبي يا خَبأثيا نكبةٌ في الإناث
أوشكتْ تدخلُ الضحى ... البَسي الفوطَة «حُسنَى» طِيري إلى الكانون
واحذري الطَّبخ أن يشيطَ وسُدِّي الــبابَ دون الأنوفِ ... دون العيون

حُسنَى:

سيدتي ها أنا ذِيذاهبةٌ لشانِيا
انتظريني ساعةًثم انظُري طعاميا

(تخرج)

نظيفة (لنفسها):

قد ذهبتْ لشأنهااليوم يومُ «الباميا»
«حُسنَى» اذهبي إني لفي شكٍّ وإنأظهرتُ أني بكِ جِدُّ واثقهْ
قد سُرقَ الكيسُ وما من أحدٍسواكِ في البيت فأنتِ السارقهْ

ولكني أداريكِفَأُخْفِى خبرَ البئر
وكم سيدةٍ قيَّــدَها الخادمُ بالسرِّ

(جمال يدخل)

مَن؟

جمال:

جدتي.. هذا أنا

نظيفة:

مَن؟ وَلَدِي جمالُ؟

جمال:

ما صنعَ الزكامُ ياجدة؟

نظيفة:

لا يزالُ
وأنت ما تصنع ياجمالُ؟ كيف الحالُ؟

جمال:

الحال يا جدَّهْزفتٌ وقطرانْ

نظيفة:

كيف؟ انفُضِ الجيبفيه جنيهانْ

جمال:

أنا؟ جنيهان؟ ومن أين له؟جيبي حتى من ريالين خَلا

جدهْ

نظيفة:

روحي..تكلَّمْماذا؟ فداكَ البَنونا

جمال:

أقول لكن عدِينيجدةْ لا تغضبينا

نظيفة:

إلا النقود فإننيحلفتُ أمس يَمينا

جمال:

إذن امضي كما جئتِإذن لا شيءَ يا جدهْ
على أنّي لم أظفرْبشيءٍ منكِ من مدَّهْ

نظيفة:

والثلاثون ريالا؟

جمال:

قد مضى شهرٌ عليها
تلك شمّتها يدُ النـشال فانسلّتْ إليها

نظيفة:

لا حَرَمَ الله اللصوصَ خيرَكاما بالهم لا يسرقون غيرَكا
لم تَلقَنِي وتنصرفْ بمالِيإلا وعادتْ قصةُ النَّشال
كأن مالي ليس بالحلال

جمال:

لم أقلْ مالُكِ يا جـدَّةُ سُحْتٌ أو حرامْ
فلقد يُسرق مالُ اللـه والبيتُ الحرامْ

نظيفة:

العينُ يا جمالُ

جمال:

لا تقوليفما إلى مالِك من سبيل
لعين حاسدٍ ولا فُضولي
مالُكِ في اللحافِ والمنديل
مالُكِ في القَفةِ والزنبيل
وتحت ماءِ البئر في برميل

نظيفة:

في البئر؟ إنَّ ذا عجبماذا تصوغ من كذِبْ؟

(في اضطراب)

جمال لا تَنسَ الأدَبْ
في البئر يا ابِني؟ هذهما خطرتْ ببالي
لِمْ لا تقول المالُ قدخبَّأتْ في سِروالي؟
لكن هَبوني قد فعلـتُ ما لَكم ومالي؟
ألستُ يا ابنِي حرَّةًبصيرةً بمالي؟
أصنعُ ما شئتُ بهأصنع ما بدا لي

جمال:

هَوِّني جدتي عليك فإنيلم أنازعكِ هذه الحريَّهْ

خبِّئِي المالَ حيث شئتِ من المنــزل في السقفِ أو وراء حَنِيَّهْ

ادفنيه في مطبخ أو كرارٍأو لحافٍ أو شلتةٍ أو حَشِيَّهْ

أو فَواريهِ في قرارةِ بئرِذاتِ عمقٍ عن الظنون خفيَّهْ

جدتي هذا كثيرٌما الثلاثون ريالا؟

هي يا جدة ليستعند أمثالي مالا

لا يمينًا ملأتْ يومًا ولا أغنتْ شِمالا

نظيفة:

عند أمثالك؟

جمال:

إي واللهِ

نظيفة:

ما أنتم رجالا

هي تَبنِي ثروةَ المرءِ إذا كانت حلالا

اسمع جمالُ

جمال:

سامعٌ يا جدتي

نظيفة:

جَدُّكَ يا بُنَيَّ كان مُفلِسا

جمال:

مثِلَي يا جدةُ؟

نظيفة:

لا يا ولديبل كان أشقى حالَة وأتعَسا

أسَّسَ من شروي نقيرٍ ثروةً

جمال:

لم تذكري جدةُ كيف أسَّسَا

ألم يكنْ سكناهُ رَبْعًا دارسا؟ألم يكن طعامه المدمَّسَا؟

ألم يكنْ على البلاطِ نومُهُ؟ألم يُحَرِّمْ نَفسَه أن تَلبسا

نظيفة:

ومَن نبَّأكَ؟ أو مَن ذارأى جدَّكَ عُريانا؟

جمال:

هَبيهم لم يُنَبُّونِيكفاني بك عنوانا

جدتي ما رأيت قطُّ على جســمِكِ مُذ كُنْتُ غير هذي الثياب

بدِّلي ثوبك القديم أهذاكفنٌ يُرتدَي ليوم الحسابِ؟

وعلى الرأس ذلك الشاش و(الأويَّة) مَلا تَطَاوُلَ الأحقابِ

قد عفا رقعتيهما النشر والطــيُّ وطولُ المدَى وطولُ الخِضابِ

لَم يَر الناظرونَ رجليكِ إلاكصبيِّ الحمَّامِ في القبقاب

نظيفة:

قد توقّحتَ يا جمالُ

جمال:

دعينياتركيني (أفشُّ) جدةُ ما بي

والدي مات في الشباب من الحِرمان واليومَ تقتلين شبابي

نظيفة:

لا تذكِّرْنِيَ العزيز جمالُ وَدَعِ الجرحَ، لا تحرِّكْ مُصابي

جمال:

اقتليني كوالدي

نظيفة:

بَعُدَ الشــرُّ بل اسلمْ وحُطَّني في التراب

إن يا ابني الجراب والمالُ فيه لكَ

جمال:

مَن لي ببعض ما في الجراب؟

ما انتفاعي به؟ كُلِيه ... اشربيهبعد ما آذن الصِّبَا بذهابِ

(تغرورق عيناه بالدمع)

اصفحي جدةُ عماكان مني واغُفري لي

وَاْتَنِي أيتها الجــدَّةُ أمضِي لسبيلي

نظيفة:

لقد نسيتُ يا جمالُ وطويتُ ما جَرى

والآن أدعوكَ

جمال:

لماذا؟

نظيفة:

للغَداء، ما تَرى؟

ابقَ جمالُ نقتسِمْلونًا جديدًا غاليًا

ابقَ بنيَّ كُلْ معياليومَ عندي «باميا»

جمال:

«الباميا» جديدةٌ؟من قال يا جدَّتِيا؟

نظيفة:

أكلْتها؟

جمال:

أجل مرارًاعند أصدقائيا

نظيفة:

في «الباميا» خَلِّ الطهاةَ وخُذ الطَّواهِيا

وطبخُ «حُسنَى» يحفظَ الشَّـبابَ والعَوافيا

اجلسْ جمالُ ساعةًوناجني بحاجتِكْ

جمال:

ماذا أقول جدتي؟

نظيفة:

قلْ ما تَشَا لجدَّتِكْ

جمال:

أنا يا جدتي كبرتُولا أطلب إلا الزواج

نظيفة:

عندي صبيّةٌ لكَ

جمال:

الخادمُ؟ لا، كم قلتُ لا

نظيفة:

لا تَدْعُ «حُسنَى» خادمًا

جمال:

ابنةُ من؟

نظيفة:

بنتي أنا

جمال:

لقيطةٌ ربَّيْتِهاأنت، أليس هكذا؟

نظيفة:

تذاكرنا الزواج تعالَ ننظرْزواجَكَ كم يكلّف يا جمالُ

جمال:

قليلًا جدتي

نظيفة:

كم؟

جمال:

نصف ألفٍ

نظيفة:

أعندك ما لنصف الألفِ بالُ؟

(لنفسها)

مآتم مصرَ لا يُبقي عليهاولا يُبقي على الأفراح مالُ

(ثم إلى جمال)

اشرحْ جمالُ ما يكونُ المهرُ

جمال:

عُدِّيه مِيَهْ

نظيفة:

من الجنيهات؟

جمال:

أجلليست ريالات هِيَهْ
و«شبكة» تصلح أنْتهدَى وأنتِ المُهْدِيَهْ

نظيفة:

وكم تُساوي؟

جمال:

مئة؟

نظيفة: أُخرجُها من ماليَهْ؟

جمال:

ومئة كِراءَ بيتٍ للعروس وليَهْ
نملؤه أمتعةً وحلية وآنيَهْ
ومئة لفَرَحِيومئة لجيبيَهْ

نظيفة:

واحيرتي! واضيعتي! «جمالُ» وا خرَابيَهْ
إنْ أنا زوجتكَ يا ابنِي بعثُ ما ورائيهْ

جمال:

إذن فاعلمي جدتي أننيخطبتُ

نظيفة:

وما لِي ومَن تخطبُ؟
أحقًا خطبتَ؟

جمال:

أجل جدتي

نظيفة:

ومن تلك؟ ما بيتها؟ ما الأبُ؟

جمال:

فتاةٌ من «الخُط» بنت النقيبِ

نظيفة:

بلا والدٍ واسمها «زينبُ»
هنيًا لك البيتُ بيتُ العفافِ

جمال:

وبيتُ الغِنى، والغنى يُطلبُ

نظيفة:

أأنتَ تعرِّفُني من تكونوما مالُها؟ إنها تكذِبُ
لأنت أسعدُ منهاوأنت أكثر مالا

جمال:

أنا؟ انظري ذاك جيبيهل تُبصرين ريالا؟

نظيفة:

بل تلك «حُسنَى» فتاتيأتمُّ منها جمالا
وربما صارت على فقرهاأكثرَ منها في غدٍ مالا
وكيف وجدتَ المالَ يا ابني؟

جمال:

اقترضتُهُ

نظيفة:

وممن وكم يا ابني وكيف رباه؟

ومن أين تَقضِي الدينَ؟

جمال:

يقضِيه قادرٌ على الشيء لا يَقضِي الديونَ سواهُ

نظيفة:

ازعق «جمالُ» نادِ «حُسنَى» ادْعُها

(ثم تنادي)

يا بنتُ

جمال:

حُسنَى

نظيفة:

بنتُ

حُسنَى (تدخل):

مولاتي

نظيفة:

عندي «جمالُ» يتغدَّى معيهاتي حديث «الباميا» هاتي

حُسنَى:

سوف ترى يا سيدي صَنعتيوسوف تنسى «كفتة الحاتي»

نظيفة:

حُسنَى بذلتِ كثيرًا وما رَفقتِ بمالي

أكفتةٌ بيمينٍوبامِيا بشِمال

حُسنَى:

سيدتي لا تغضبي لا لَحم في الـمطبخِ لا كفتة لا كبابا

العظمُ لا غيرَ ملأتُ «البامِيا»منه ... فطابت نكهةً وطابا

نظيفة:

يَسلمُ فُوكِ يا ابنتي

(ثم لجمال)

اسمع لها«جمالُ» كيف تُحسنُ الجوابا

جمال:

جدتي هل فَكَرْتِ في أمر «حُسنَى»؟

نظيفة:

كيف؟ ماذا؟

جمال:

كما افتكرتِ بأمري

زوجيها

نظيفة:

أزوِّجُ البنتَ؟

حُسنَى:

لا، لاسيدي، ذاك لم يَمُرَّ بفكري

أنتَ يا سيدي «جمالُ» كثير الـمَزْحِ فاجعلْ مَحَلَّ مزحكَ غيري

أنا لا أقبل الزواج بإنسانٍ ولو ساق مالَ قارونَ مهري

أنا ما عشت لا أفارق هذا الـبيتَ إلا إلى قرارةِ قبري

نظيفة:

عشتِ «حُسنَى»

(ثم لجمال)

سَمعت كيف أجابت؟كيف لم تنسَ حناني وبِرِّي؟

(وتهم السيدة نظيفة بالوقوف)

جمال:

أين يا جدة تمضينَ

نظيفة:

قريبًا ... خُطوتَيْنْ

أنا قد خبَّأتُ أمسِلك يا ابني مَوزتَيْنْ

(تمشي وتخرج)

جمال (لحُسنَى)**:**

بَعُدَتْ جدتي تعالَيْ أقبِّلْـكِ تعالَيْ حبيبتي قبِّليني

حُسنَى:

بعُدَتْ فليكنْ عفافي ودينيحول عِرضي لا يُبعِدُ الله ديني
إن أكن خادمًا فنفسيَ في خِدرٍ من النبلِ والعفافِ مَصون
ابغ يا سيدي سواي لما تدعو له اليوم من خسيسٍ ودُون

جمال:

هيّا حُسنَى لا يذهب الوقتُ

حُسنَى:

دعنِيوقتُ مثلي بجانب الكانون

جمال:

قبلّة ها هنا على الجيدِ «حُسنَى»أو على الوجنتين أو في الجبين

حُسنَى:

ما الذي قلتَ يا جمالُ؟

جمال:

طَابتُ الحقّ

حُسنَى:

حقّ المهوِّس المجنون
لكَ يا سيدي جمالُ شئوُنفامضِ فيها وخلِّني وشئوني

جمال:

إلى أين؟ قفي «حُسنَى»

حُسنَى:

إلى الكانون والنار
إلى الشغل الذي يَنهىعن الريبةِ والعار

(وتمشي ... السيدة نظيفة تدخل)

نظيفة:

جمالُ يا ابني

جمال:

جدتي

نظيفة (لحُسنَى):

مالكِ ترجعينا
الموزتان يا جمالُ صارتا عجينا

جمال:

ألقيهما يا جدتي ألــقِي العَفَنَ التّنينا

نظيفة:

اشربْهما يا ابني عسأن يُورثاك لينا

جمال:

أنا يا جدة لا أقــوى على هذا العلاجْ
إن في البيت دجاجًافاطرحيهِ للدجاجْ

[1] أداة التدخين.

[2] عود البخور.

[3] مثنى «زَنْد»، وهو ما تقدح به النار.

[4] ما تخرجه «نظيفة» عادة من مواد لإعداد الطعام.

الفصل الثالث

المنظر الأول

«الست نظيفة على فراش في قاعة من منزلها، وحولها «حُسَنى» وجماعة جئن للسؤال عنها من الجارات».

زائرة (وهي داخلة): العوافِي أمَّ الأفندي العوافي

حُسنَى: اخفِضي الصوتَ.. أمسِكي يا خالهْ

الزائرة: ما لها؟ ما بها؟ عفا الله عنها

حُسنَى: هي من ليلتين في شرِّ حالهْ

زائرة:

أمُّ الأفندي عوفَيْتمن قلبها تحبني
ما كان أندَى يدهاعلى الفقير والغني
شفاها الله للبيتِوللجار وللجارهْ
جرى إحسانها كالسيـل حتى أغرق الحارهْ
قد وقعتْ عيني عليهامرَّة في «السيدهْ»

أخرى: فما رأيتِ؟

الأولى:

نخوّوكرمًا ما أزيدَهْ
جاءت وراحت تُقرِضُ اللــه وتُعطي مسجدَهْ
وكلما مَدَّ فقيــرٌ يدَهُ

الثانية:

عضت يده

يا أختُ أين المدحُ العَطِرْ؟وأين جُودها الذي كان المطرْ؟

الأولى (لحُسنَى): انظري خلْقكِ «حُسنَى»

حُسنَى: مَن؟

الأولى: هي الشيخة «بنبهْ»

(الشيخة بنبه تتقدم)

بنبه: كيف حال الهانم اليوم؟

حُسنَى: انظِري، الحالَة صعبهْ

إحدى الزائرات:

«حُسنَى» اطرَحِي الغمَّ ولاتستسلمي إلى الكَدَرْ

رأيت رؤيا أمس

أخرى: ما ذلك

حُسنَى: خيرًا، ما الخبَرْ؟

الزائرة:

رأيتني فوق طريـق فيه طينٌ ومطرْ

مشتْ به أم جمالٍ تَنثني وَتَفتَكِرْ

تحملُ حِملَ جملٍأو جملين من حَجَرْ

حُسنَى: ثُم

صاحبة الرؤيا:

إذا فوقَ الطريــق ثَمّ شيخٌ قد ظَهَرْ
كأن نورَ وجههتحت العمامة القمرْ
قد طرحَ الأحمالَ عنــها فَجَرتْ على الأثرْ
حتى لبثتُ ساعةًعجبتُ كيف لم تَطِرْ
سمعتِ يا شيخةُ رؤيايَ؟

الشيخة:

سمعتُ العَجبا
رؤيا كأنها الفَلَقتبارك الذي خلقْ
أم جمالٍ أُعيِتْتوزال عنها العناءُ
وذلك الشيخ قطبٌعلى يديه الشفاءُ

أخرى:

أم جمالٍ بخيرٍقد أُلقِيَ الحِمل عنها

(يظهر الدكتور مقبلًا)

إحدى الزائرات: ماذا؟ من الداخل؟ من يا تُرى؟

أخرى: هذا هو الدكتورُ عبدُ السلامْ

الأولى: أبعدَ هذا ... القطبُ يؤتَى به؟

الثانية: وأيُّ قطبٍ؟

الأولى: هلْ نسيتِ المنامْ؟

أخرى: ماذا تقول؟ تظنُّ هذا القطبَ

الأولى:

ذاك هو العَمَى
هذا الطبيبُ مُطربَشٌ والقطبُ كان مُعمَّمَا
شتّانَ بين القمر الـمنوّر الململمّ
وبين تيس الجبل الـمفلفل المملَّح
ما تلك فوق عينه؟

الثانية:

زجاجةٌ مُدَوَّرَهْ
تَقِيهِ ضوءَ الشمس أوتمنعُ عنه الغَبَرَهْ
كأنها غمامةٌتحجب عَيْني بقرة

الأولى:

ولِمَ تَغَطّي بالثيابِ السودِ رأسًا لقدم؟
كأنما أُخرجَ منزكيبةٍ من الفَحَمْ

الثانية:

سود الثياب بمصرِصارت ثيابَ الإمارهْ
فلا تَرَيْنَ بياضًاإلا على شيخ حارهْ

الأولى: وما بِفِيهِ؟

الثانية: اسألِي حُسنَى

حُسنَى: بِفِيهِ «تُوسكَنَهْ»

الأولى:

مسكينٌ الدكتورُ قدأصبح فُوهُ مدخنَه

الدكتور: العوافي أمّ الأفندي العوافي

حُسنَى: هي في غَشية ونومٍ عميق

الدكتور: كيف حُسنَى؟ ما حال أمِّ جمالٍ؟

حُسنَى: هي في الكربِ خفّفَ الله عنها

الدكتور: ودوائي؟

حُسنَى:

لما تعاطَتْهُ نامت

نومةً لم تقُمْ إلى اليوم منهاما بها يا سيدي؟ ما داؤها؟

الدكتور: تُخمةٌ من أكلَةٍ ذاتِ دَسَمْ

حُسنَى:

تخمةٌ؟ لا سيدي الدكتور ... لانحن لا نعرف في البيت التُخَمْ

الدكتور: إذن بها ضعفٌ

حُسنَى: ومن أين جاء الضعفُ؟

الدكتور: من قلَّةِ ما تَطْعَمُ

حُسنَى: وما يقوِّي الضعفَ؟

الدكتور: الأكل يا حُسنَى

حسنى: وكيف الأكلُ؟ أين الفمُ؟

الدكتور:

رحم الله زوجهاإنه كان صاحبي

كان في كل منزلوطريق بجانبي

(ثم ينتقل الدكتور فجأة لمخاطبة إحدى الزائرات)

«خضرةٌ » أنت هنا؟ما تصنعين يا ابنتي؟

خضرة:

في كل ساعةٍ أجيأسألُ عن سيدتي

الدكتور:

و«حسنٌ» زوجُك مايصنَعُ؟

خضرة:

في البيت انطَرحْ

منذ تناول العلاجَ بالأواني ما سَرَحْ

الدكتور: وما له لم يَجِئني؟

خضرة: بأيِّ رجلٍ يَجيكا؟

الدكتور (إلى مرجانة): ما ذاك يا بيضاء ماذا أرى؟

مرجانة: تورَّمَ الخدُّ من الدُّمَّل

الدكتور (يخرج مشرطًا من جيبه):

هاتي أريه ... اصبري ساعةًأفتحُهُ

مرجانة: لا، يفتحُ الله لي

أخرى: دَعِيهِ يفعلْ تستريحي

أخرى: اقعُدِي حَذار «مرجانة» أن تفعِلي

(يدخل جمال)

الدكتور: من ذاك؟ أنت جمالٌ؟

جمال:

من؟ سيدي الدكتورُ؟

كيف وجدتَ جدتي؟

الدكتور: تسير نحو العافيهْ

جمال: وكيف هي من ثلاثٍ لم تُفِقْ؟

حُسنَى:

بل إنها من أربع كما ترَى

وارحتماهُ لك يا سيدتيولطف الله بنا فيما جرَى

جمال:

حُسنَى أقلِّي الحزنَ ... يعفو الله عنأزْيدَ مِن هذا ويَشفِي أكثرا

الدكتور:

دعَا.. لا تخافا ولا تَحزَنافما الأمر لليأس بالصائِر

وكم فاقدِ الرشدِ لا غائبٍورائي تركتُ ... ولا حاضر

وآخر لا راقدٍ في الفراشِإذا قلَّبوه ... ولا ساهِر

حُسنَى:

أمرضاك كلُّهمو هكذا؟وهل يستفيقون يا سيدي؟

الدكتور:

تقوم عليهم يدي بالشفاءقيامَ المسيح على المقعدِ

حُسنَى (لجمال):

وأنت سيدي جمالُ قوّنِيعلّمْنِي العزاءَ والتصبُّرا

زائرة: «مرجانة» انظريهما

الأخرى: يحبها

الأولى: تحبُّهُ

الثانية:

وبيديه قلبُهاوفي يديها قلبُهُ

«يخرج جمال، وتخرج مرجانة وبعض الزائرات، وتدخل إحدى الجارات تدعى زهرة»

زهرة: ما حال أمِّ الأفندي؟

حُسنَى:

سيدتي في العذابْ
مضى عليها أربعٌفي كُربةٍ لا تُفرَجُ
في النزعِ لا وعيَ لهاوالسرُّ ليس يخرجُ

زهرة: لديَّ خاطرٌ خطَرْ

حُسنَى: ما ذاك؟

أخرى: ماذا؟ ما الخبَرْ؟

زهرة:

أصغيْنَ ... مما جرّبوه في الأسرْصوتُ «الفلوس» عند رأس المحتضَرْ
إن كان في دنياه بالبخل اشتهرْيسمعها فينطفِي على الأثرْ
وكلما تأخرتْ عنه انتظرْ

حُسنَى:

إذن قُومي أريحيهاإذن من هذه الحالَهْ

زهرة: وأين الشاشُ والفضةُ؟

حُسنَى: من مالِيَ يا خالهْ

زهرة:

مالُكِ أو مالُ سواكِ كلُّ مالٍ قد حضَرْ
القصدُ أن يَقْرَعَ صَوتُ المال سمعَ المحتضَرْ
«حُسَنَى» اسمعي لِيَ أصغِيهاتي ملاءَةَ فرش
والآن فليُلق كلٌّمنكنَّ فيها بقرش

(ثم لحُسنَى)

«حُسنَى» خُذِي من طرَفٍ

(ثم الأخرى)

وأنتِ من ذاك الطرَفْ

(للجميع)

وأنا أبقى ها هنا

(لصبي موجود)

وأنت قُم خُذْ لا تَخَفْ
والآن فلنقمْ إلى الفراشِومثلَ صُنِعي فاصنعوا بالشاش

(يدخل جمال)

جمال: ما الحال حُسنَى؟ وكيف أمستْ؟

حُسنَى: في النزعِ والكرْبِ لا تزالُ

«يذهبون بالشاش حتى يقتربوا من فراش المحتضرة، وهم ممسكون بجهاته الأربع، فتخرج الأولى نقودًا وتلقيها في الشاش، فيعمل الباقون مثلها ويتقدم «جمال» فجأة ويخرج من جيوبه نقودًا، ويقول»

جمال:

وأنا أيضًا أشتركهاكِ خُذِي ما أمتلكْ
وضعتُ كل فضتيكي تستريحَ جدتي

«يلقي بالنقود» «الأربعة يهزون الشاش بالنقود بينهم، وتقول الأولى مخاطبة المحتضرة»

الأولى:

امضِي ولا تُفكري في المالِوانسَيْ حديثَ القرش والريال
أنتِ وما ملكتِ للزوال
هزُّوا معي ... هزُّوا معيبيا أيها الروحُ اطلعي
إلى النعيم الأوسَعِ

وديعة الله اذهبيامضي ولا تُعذّبي

لله عُودي والنّبي

إحدى السيدات (بعد وفاة الجدة):

قد انقضى الأمرُقد خرجَ السرُّ

«حُسنَى لكِ الأجرُ»

حُسنَى (لجمال):

الصبرَ ... واخرجْ سيدي جمالُ لمثل ذا لا يصلحُ الرجالُ

المنظر الثاني

«في منزل المرحومة الست نظيفة. تظهر «حُسنَى» في ثوب أسود».

حُسنَى (لنفسها):

عَيني أحقٌّ أنني في منزلي؟لا، كان لي فوهبْتُهُ لجمال

غاليتُ في شَغَفِ الفؤادِ بحبِّهحتى وهبتُ له الثمينَ الغالي

أعطيْته ما كان أصبح في يديمن مال جدته فليس بمالي

لم يرضَ قلبي أن أعيش سعيدةويعيشَ في بؤسٍ ورقة حال

أتراه يقدرُ خدمتي ومحبتيأو لا يمرُّ له الصنيعُ ببال؟

رحمة الله علَى سيدتيوسقى الله ثراها وجزاها

حرمَتني الشاشَ حتى ذهبَتْفكسَتْني الخزَّ في الموتِ يداها

وحَمَتني الماءَ حتى احتجبَتْفسُقيتُ الشهدَ من فيض نداها

صار لي من بعدِها منزلُهاوالدكاكينُ وآلتْ ضَيعتاها

ثروةٌ قد نهض الجوعُ بهاومشى الحرمانُ فيها فبناها

وهبتُ لي كلّ ما قد ملكَتْلم تَدَعْ من ذاك شيئًا لفتاها

(بعد لحظة)

لا ... ذاك مالُ جمالٍتركْتهُ لجمال

وعدتُ ما كنتُ مِن قبْــلُ، فوطنِي هي مالي

أجل أنا الخادم والطاهِيَهْوما أنا السارقةُ الباغِيَهْ

ولا على الناس طفيليَّةًأجعل أموالَـهمو مالِيَهْ

سمعتُ حديثَ البخلِ حتى صحِبْتُهُزمانًا أراه كلَّ حينٍ وأسمعُ

يروح ويغدو بين عينيَّ صورةًويأتي خِيالي بالحياةِ ويرجِعُ

سيدتي وبخلُـهافي «الخُطّ» سارا كالمثَلْ

وانتقلتْ وذكرُهابالبخلِ فيه ما انتقلْ

يرحمها الله فماأنسى لها تلك الجُمَل

في غضبٍ عند الحوارِ واضطرابٍ و«زعَلْ»

وما اختلفنا مرّةًفي حَمَلٍ ولا جَمَلْ

لكنْ لأجل الثوم كانَ الخُلفُ، أو حول البصلْ

ولم نكنْ من الدَقيــق ننتهي ولا العسَل

يرحمها الله وإنلم تأتِ يومًا بحسَن

عاشت بثوبٍ واحدٍكالمَيتِ عاش بكفَن

أمَّا أنا ... فالشاش أوما دون ذاكَ في الثمَنْ

وبذلتي وفوطتيطال عليهما الزمَنْ

وأجرتي عشرون قرشًا مع كثرةِ المهَنْ

البئرُ لا أبرحُهاخارجةً وداخلَـهْ

صاعدةً كالدلو كــلَّ ساعةٍ ونازلهْ

طبَّاخة أصنع منلا شيء شيئًا نأكلُـهْ

وأنحنِي على البلاطِ كلَّ حين أغسلُـهْ

وكلُّ دكانٍ علــيَّ أجرُها أحصّلُـهْ

(تدخل زهرة)

زهرة: العوافِي يا ابنتي

حُسنَى:

من جاءنا؟خالتي زهرةُ؟ أهلًا مرحبا

ادخلي

زهرة (لنفسها في حسد وحقد)**:**

يا لك من طبّاخةٍنَثَر الحظُّ عليها الذهبا

(ثم لحُسنَى)

يا هَناكِ المالُ حُسنَى

حُسنَى: مال من؟

زهرة (لنفسها)**:** هي تُخفي

حُسنَى: بلَّغوكِ الكذِبا

زهرة:

عَجَبًا ... أنت إذن لم تَرثِيمال مولاتِكِ؟

حُسنَى:

لا. لا. عَجَبا

أنا يا خالتُه لستُ لِصَّـًالعنَ الله الغِنَى المُغتَصَبا

زهرة:

إن للجيران «حُسنَى» ألسُنًا تَهذِي طوالا

حُسنَى: ما الذي قالوه؟

زهرة:

قالواأنتِ جَرَّدتِ جمالا

حُسنَى:

كذبوا واللهِ لم ألـمس له باليدِ مالا

(تخرج «زهرة» وتتبعها «حُسنَى» ويدخل «جمال». تدخل «حُسنَى» فترى جمالا)

حُسنَى: مَن ها هنا؟ أهُوَ جمال سيدي؟

جمال:

أجل، أنا الغريبُ في بيتِ أبي

أنا الذي قد سلبوه مالهُلم يبقَ من مالِيَ ما لم أ ُسْلَبِ

قد ضربَتني في الحياةِ جدتيوفي المماتِ

حُسنَى:

ألف لا، لم ُتضْرَبِ

اجلسْ. تفضلْ. استرحْهَوِّنْ عليك سيدي

جمال:

لم يبقَ من مالِكِ ياجدةُ شيءٌ في يدي

ضَيَّعْتِ أمسي ثم لميَكفِ فضيَّعْتِ غدي

حُسنَى

حسنى: جمال

جمال: افترقنا

حُسنَى:

كيف؟ لا أبدا

جمال:

تغيَّرَ الأمرُ من حالٍ إلى حال

أنتِ الغنيةُ «حُسنَى» والفقير أناالمال مالُكِ منْذ اليومِ لا مالي

حُسنَى:

المالُ يا جمالُ؟ الفقْر؟ الغِنى؟ماذا تقول سيدي؟ ماذا جرى؟

جمال:

أليس حرمِانيَ لونًا متقنًاطبخته أنت وجدتي معًا؟

«حُسنَى» دَعِي الخُبْثَ ولا تَجاهَلِي

حُسنَى:

أتعلم الخبثَ عليَّ والرِّيا؟

حُرمتَ مِمَّ؟

جمال: من تراثِ جدتي

حُسنَى: إذن من الوارث

جمال: أنت لا أنا

حُسنَى:

أنا أراك سيدي تهزأ بيكفى جمالُ سَخَرًا مني كفَى
أ ُقسمُ هذا الأمرُ لم أعمَلْ لَهُوإنني آخِرُ من دَرَى ِبهِ

جمال:

أما رأيتِ كاتبًا معمَّمًاوشاهدَيْن يعملون ها هنا؟
وشيخةً تُملِي عليهم سخفَهاتَحْرِمُ ذا قُربى وتعطِي أجنبا
كعين ربوةٍ تخطَّى خيرُهاإلى الوهاد مُستحَقاتِ الرُّبى

حُسنَى:

جمالُ سيدي تعالَ نحتكمْإلى الحقوق والصوابِ والنُّهَى
هَبْ ما تقول يا جمالُ قد جرى

جمال: لقد جرى

حُسنَى:

هاتِ الكتابَ فامحُ ماتشاءُ، واثبتْ ما تَشَا
بَدِّلْ وغَيِّرْ في كتابِ وَقْفِها كما ترى
أنت غِناايَ إنْ غضبـْتَ ما انتفاعِي بالغنى؟
أمضي فأبغي سيدًا أو أبتغِيسيدةً أطهو لها

جمال: ماذا أرى؟ تبكينَ حُسنَى؟ مِمَّ؟

حُسنَى: لا

جمال: كُفي ابنتي كفي بُكا

حُسنَى:

خُذْ مالَها وخلِّني أعِشْكما كنتُ أعيشُ أوَّلا

جمال:

بحياتي قُولِي الحقيقة حُسنَىأتحبّينَنِي؟

حُسنَى: أجلْ، مِلْءَ قلبي

جمال: مثلَ حُبي؟

حُسنَى: جمالُ أحببتَنِي اليومَ؟

جمال:

قديمٌ وحقّ عينيكِ حُبِّي
كنتُ أهواكِ طفلَةً تملئينَ الـبَيْتَ والحوش من صياحٍ ووثْب
كنت أهواكِ طفلَةًفي الكوانين نافخهْ
كنت أهواك خادمًاكنت أهواك طابخهْ

(ثم يمسك يدها ويقول)

كم اشْتَهيْتها يدًاما فرغتْ من العمَل
كنت أراها كَيَدِ الـمَلَكَةِ أهلًا للقُبَلْ
وأشتهِي رائحَةَ الثـوم عليها والبصلْ

حُسنَى: سيدي أنت خطبتَ؟

جمال: لا

حُسنَى:

نعمبل خَطَبْتَ امرأَةً ذاتَ يَسارْ
وأبوها كابرٌ ذو لقبٍ وله زرعٌ وضرعٌ وعَقار

جمال:

وما تريدين «حُسنَى»؟أ أنفضُ اليد منها؟
الله ربُّ جمالٍيُغنيهِ عنكِ وعنها

(امرأة تريد الصعود)

المرأة: أ أحدٌ في المنزل؟

جمال (من أعلى)**:** مَن هذه؟

المرأة:

أمٌّ «علي»
أنتَ هنا يا سيدي؟

جمال: أجل، تفضَّلي ادخلي

أم علي (تصعد)**:** دستورَكم

جمال:

تفضَّلِيلا أحدٌ في المنزل

حُسنَى (لجمال)**:** من تلك من؟

جمال:

امرأةٌمِن بيتِ أصهاري الجُدُد
صديقةٌ قديمةٌفي كل أمرٍ تجتهدْ

حُسنَى: ماذا تُريد يا ترى؟

جمال:

الآن نعلم الخبَرْ

أما أنا فليس ليفي بنتِ إنسانٍ وَطَرْ

حُسنَى: كرهتَ سيدي الغنى؟

جمال: أجل

حُسنَى:

وهكذا أنا

(ثم وهي خارجة)

لا يأخُذ الإنسانُ مِنْدُنياهُ إلا الكفَنَا

(تدخل أم علي)

جمال:

يا مرحبًا أمَّ عليماذا حملتِ من خبرْ؟

أم علي:

كنتُ رسولَ الصفو والـيومَ أتيتُ بالكدَرْ

جمال: ماذا؟

أم علي:

أصِخْ يا سيديأمُّ العروس جُنَّتِ

جمال: كيف؟ ولِمْ أمَّ علي؟

أم علي: تريد فسخَ الخِطبةِ

جمال: كذا أنا

أم علي: وأنت أيضًا؟

جمال:

تلك كانت نِيَّتِي
قد سمعتْ لا شكَّ أنّــي قد خَسِرْتُ ثروتـي؟
قد علمتْ بأننيقد حَرمتني جدتي؟

أم علي: أجل

جمال:

فقالت مفِلسٌليس يليق لابنتي

أم علي:

وهذه «الشبكة» يا سيديانظر. تأمَّلْ. خاتَمٌ لا يُعابْ
وهذه قيمةُ ما جاءنامن «سَبَتِ» النقل وغالي الثيابْ
خمسون خُذْها. عُدَّ. مِنْ عادتي

جمال (يأخذها)**:** أن تَغْلَطِي يا خالتي في الحسابْ

(ثم ينتهي من العد)

أم علي: هي خمسون سيدي

جمال:

هذه خمسةٌ لَكِ
اذهبي. لستُ ناسيًاأبَدَ الدهر فضلَكِ

(تخرج أم علي ثم تدخل حُسنَى)

جمال (بعد أن يراها)**:**

رَبَّاهْ ... ما ذاك؟ تلك حُسنَى؟من أين حُسنَى؟

حُسنَى:

مِن الستارَهْ

سمعتُ ما قالت العجوزُولم تَفُتْنِي لَها عِبارهْ

خُذْ سيدي

جمال: ما ذلكا؟

حُسنَى:

ذلك وقفُ أسرتِكْ

(تناوله ورقة)

كانت شروطُ الوقفِ ليفاسْتَعْمِلتْ لخدمتِكْ

وما ظننتُ ثروتيما كان غيرَ ثروتِكْ

ذاك اتفاق قد جربيني وبين جدتِكْ

ما أرصدتْ لجهتيحوَّلْتُه لجهتِكْ

جمال:

جدتي في مَمَاتِهابَرَّةٌ بي ومحسنَهْ

فعلتْ فيَّ فعلَةًنَبَّهتني من السِّنَهْ

ساء في المال مذهبيفرأت أن تُحَسِّنَهْ

وأنتِ «حُسنَى» أتحبينني؟

حسنى:

أ أنتَ في ذلك ترتابُ؟

قد كنتَ دنيا مغلّقا بابُهاذُونِي ... فكيف انفتحَ البابُ؟

جمال:

الآن «حُسنَى» أَقبليُنْجِر حديثَ ما مضى

كيف وجدتِ جدتي؟وما مكاني عندها؟

حُسنَى:

تحبُّك الحبَّ الذيكانت تحبُّهُ ابنهَا

وتكتَسِي إن غبتَ عنــها أو بَعُدْتَ الوَلَهَا

تكاد لا تسمعُ إنْغِبْتَ ... تكادُ لا ترى

جمال:

فما لها كانت تُذيقُنِي الجفاءَ؟ ما لَها؟

فلو سألْتها العَمَنضَتَّتْ عليَّ بالعَمَى

حُسنَى: سيدتي بخيلَة

جمال:

أعلمُ يا حُسنَى بِذَا

وهي إذا قيستْ إلىجَدِّيَ، كالغيْثِ نَدَى

علَّمها جَدِّي ... وكان أجمدَ الناس يدا

حُسنَى:

وأنا أيضًا سيدياُصِبْتُ بالبخل أنا!

جمال:

حنانيكِ، ماذا قلتِ «حُسنَى» أخفّتنِيأقدَّرَ ربِّي أنْ يطولَ عذابي؟

أأعداكِ حُسنَى بُخلُ جَدِّيَ. إننيإذنْ من مصاب صائرٌ لـُمصابِ

حُسنَى:

لا تَخُشَ بخلي سيدي ... لستُ مُتَبخلُ في حقٍّ ولا واجبِ

جمال:

ويحِي! أرميك بالبخـل؟ قبَّحَ الله ظنّي

وقد رأيتُ بعينيوقد سمعتُ بأذني

فأنتِ أرجعتِ ماليوكان قد ضاع مني

فما سوى الله «حُسنَى» يَقدِرُ يجَزيكِ عني

ستجمعنا الدنيا غدًا ... كيف يا تُرىيكونُ طعامي أو يكون شرابي؟

حُسنَى:

سنشرب الماء في أوانِغاليةٍ حلوةٍ نضيدَهْ

وبيرةً كل ظهر يومٍوتوضع في الثلجِ والبرودَهْ

جمال: والأكل؟

حُسنَى:

ما شئتَ من شواءٍومن دفينٍ ومن عصيدَهْ

جمال: نسيتِ «حُسنَى» ما ليس يُنْسَى

حُسنَى: ما تلك؟

جمال:

«الباميةُ» الجديدهْ

هذه «الشبكةُ» التيأرجَعْتها المغَفّلهْ

خاتمٌ قد وضعتُهفي البنان المُقَبَّلَهْ

(يلبسها الخاتم ويقبل يدها)

حُسنَى: والمهر؟

جمال (يشير إلى النقود المردودة):

تلكَ هي لَكأعْطَى جمال ما مَلكْ

ما المالُ مهرًا للمَلَكْ

حُسنَى: ومهرُكَ سيدي؟

جمال:

مهري؟ تُراناتزوجنا على دين النصارَى؟

دَعِي حُسنَى المِزَاحَ

حُسنَى:

أقُول جِدّاولِمْ تأبَى؟ أتحسبُ ذاك عارا؟

وكم من مسلماتٍ سُقْنَ مهرًاوإن دُعِيَ الأباعدَ والعَقارا

جمال:

إذن هاتي اذكري مَهريوسمِّيه على قدري

فقد تعطينني قرشًاوقرشين ... وما أدري

حُسنَى:

بل الدنيا وما فيهاوما جلَّ عن الحصْر

جمالُ انزل إلى البئرتجدْ مهرَكَ في القعر

جمال: مَهْريَ في البئر؟

حُسنَى: أجـلْ

جمال:

كيف هوَى؟ كيف نزَلْ؟

أتنزلُها؟ هذا خَبَلْ!

حُسنَى:

ننزلُ إن شئتَ معالكي أريكَ الموضعا

هناك تُبصِرُ العَجَبْ

جمال: ما ذاكَ؟

حُسنَى:

صُندوقُ خَشَبْ

ممتلئ من الذهبْ

جمال:

هناك الذهبُ الحلوُإذن طِيري بنا طِيري

قبلتُ المهرَ يا حُسنَىإلى البير إلى البير

****

Made in the USA
Monee, IL
16 July 2022

99771473R00049